»Macht macht Ohnmacht mächtig«

Petra J. Dröscher

»Macht macht Ohnmacht mächtig«

»Willkürlichkeit in schwarzer Robe & ein

ergreifendes Leben für Gerechtigkeit

und Würde«

Bibliografische Information Der Deutschen Bibliothek:
Die Deutsche Bibliothek verzeichnet diese Publikation in der
Deutschen Nationalbibliografie; detaillierte bibliografische Daten sind
im Internet über http://dnb.ddb.de abrufbar.

,

© 2006 Petra J. Dröscher
Umschlaggestaltung: Petra J. Dröscher in Gemeinschaft mit M. Bauer,
Books on Demand GmbH, Norderstedt
Herstellung und Verlag: Books on Demand GmbH, Norderstedt
Printed in Germany
Dieses Buch wurde im On-Demand-Verfahren hergestellt.

ISBN 3-8334-5093-2

Inhalt

Vorwort

Die Autorin wendet sich feinfühlig und dennoch sachlich mit ihrem in faszinierender und authentischer Erzählform geschriebenem Buch, »Macht macht Ohnmacht mächtig«, mit dem tiefgründigen Thema: »Willkürlichkeit in schwarzer Robe & ein ergreifendes Leben (einer jungen Europäerin, namens Nathalie Chantal Lefèvre) für Gerechtigkeit und Würde«, insbesondere an Opfer sexueller Gewalt, Justizopfer und deren Angehörige.

Ermittlungsbeamten der Kriminalpolizei, Organen der Justiz sowie anspruchsvollen Leser/innen, die leicht verständliche und ausgewählte Lektüre preferieren, wird hierbei gleicher Maßen auf eine veranschaulichende und »ungeschönte« Weise ein brisanter Themenbereich transparent gemacht.

Ein Leben, eine Liebe und die Macht

Ein idyllischer, lebendiger und beliebter Küstenort, irgendwo im Herzen Europas und in ihm, Nathalie Chantal Lefèvre, eine junge, warmherzige, sensible, romantische und verträumte Frau, mit rehbraunen, melancholisch wirkenden Augen, Schulter langem, rotbraunem Haar, sehr sinnlich …

Nathalie erfährt nun schon fast zwei Jahrzehnte lang Geborgenheit, Zärtlichkeit, Treue und Liebe durch ihren um »ein viertel Jahrhundert« älteren, sie an den orientalischen Filmschauspieler, Omar Sharif erinnernden »Prinzen aus dem Land der Könige«, Marc Bernard Bohéme. Auch leidet sie keine finanzielle Not und kann sich schöne Fernreisen und so einige, lang ersehnte, materielle Wünsche erfüllen.

Nathalies Arbeitsplatz als Büroleiterin in einem angesehenen Wirtschaftsberatungsunternehmen, mit staatlich subventionierter Förderung, inmitten der nahe gelegenen, pulsierenden und dennoch gut überschaubar »geordneten« Großstadt am Atlantik, ist gut gesichert, durch einen zufrieden stellenden Dienstvertrag.

Also Alles in Allem eine junge, glückliche und natürliche Frau, der es an nichts fehlt!?
»Ja, warum dann, um Alles in der Welt, fragt sich jetzt der/die werte Leser/in, leidet sie denn überhaupt?« Leidet an Schlaf- und Rastlosigkeit sowie an unendlicher, sie

erdrückende Traurigkeit, bis hin zum in Frage Stellen nach dem eigentlichen Sinn ihres Lebens.

Es beginnt an der Stelle, als Nathalie kämpft; ganz nach dem Motto: »Die Schwachen kämpfen nie, Die Stärkeren kämpfen vielleicht eine Stunde, Die noch Stärkeren kämpfen viele Jahre und Die Stärksten ihr ganzes Leben lang«. (Quelle: Berthold Brecht); Krank machendes und zermürbendes Mobbing als Machtinstrument auf Verwaltungsebene ist die Ursache.

Anmerkung der Autorin:
Zerstörerische Menschen sind zutiefst frustriert in ihrem Bedürfnis, Anerkennung oder Zuwendung zu erhalten. Der Schmerz, diese nicht zu empfangen, führt zur Lust, anderen zu schaden; Destruktion ist Macht über das, was zerstört wird …

Nathalie erlebt innerhalb weniger Jahre den Abbau bzw. die Auflösung zweier Abteilungen in ihrem Unternehmen, im Zuge sogenannter wirtschaftspolitischer Einsparmaßnahmen, der letztendlich für ihre Kolleg/innen und sie auf einer Art »Personalabschiebebahnhof« endet…

Die junge Frau ist beunruhigt, versucht sich abzulenken und beschäftigt sich in ihrer Freizeit mit Dingen, die ihr Freude bereiten; sie liest, singt, hört Musik und vertraut sich wieder einmal ihrem Tagebuch an, trifft sich mit nahestehenden Freunden und Bekannten, doch sie kann ganz einfach nicht mehr »abschalten«.
   Ganz gleich, wohin sie auch verreist, wird sie immer

nervöser und des Nachts von mit Existenzangst geprägten Alpträumen heimgesucht. Ja, sogar, wenn sie betet und sich wie eine »Ertrinkende« in die Arme ihres über Alles geliebten »Prinzen« Marc flüchtet, holen sie diese belastenden Gedanken ein; gefolgt von unerwartet bitteren Schicksalsschlägen; schweren Operationen, einem tragischen Autounfall, dem Verlust sehr guter Freunde, durch Tod, Krankheit und sogar einem Mord sowie auch materiellen Einbußen.

Nathalie wird sehr krank und erleidet einen physischen und psychischen Totalzusammenbruch. Sie tritt eine fünfwöchige Rehabilitationsmaßnahme in einer Kurklinik am Mittelmeer an, fern ab ihres geliebten Heimatortes und wird schließlich dienstunfähig entlassen. Nach der Rückkehr aus dieser Klinik wird sie während einer Einladung, durch eine in der Kurklinik geschlossene Bekanntschaft, das Opfer eines Kapitalverbrechens, durch sexuelle Gewalt, mit unvorhersehbaren Folgen; in einer Dimension, die ihr gesamtes Leben und ihre Lebensphilosophie noch ganz nachhaltig berühren wird … Nathalie erstattet Strafanzeige gegen die mutmaßliche Täterschaft. Zufälliger Zeuge der Tatgeschehnisse ist der Bruder eines gut angesehenen Richters aus dem Norden Europas geworden.

Die seelischen Wunden sind zu tief, um vorhersehbar heilen zu können. Endlich; nach einem halben Jahr Nerven zermürbender Suche, nach einem geeigneten Therapieplatz, findet sie erfreulicher Weise neben anderen wichtigen Fachärzten »ihren« ihr Vertrauen schenkenden psychologischen Psychotherapeuten, mit ausreichender Herzensbildung, Herrn Jean-Paul Goyon.

Die sogenannte wirtschaftspolitische Lage und die nunmehr Arbeitnehmer unfreundlich gewordene Geschäftsleitung ihres Unternehmens entscheidet nun drastische Einschnitte, die auch Nathalie empfindlich tangieren.

Ihr großes, geschmackvoll eingerichtetes Büro, im Zentrum der Stadt, soll sie nun verlieren, im Zuge von Einsparmaßnahmen ihres Landes und der geplanten Auflösung ihrer Abteilung. Es »bricht« ihr geradezu das Herz! …

Gerade schließt Nathalie ihre glanzlos und traurig gewordenen Augen. Es kommt ihr so vor, als habe man sie, ganz gegen ihren Willen, mit einem völlig fremden Fallschirm, aus einem Flugzeug gestoßen, aus beispielsweise 4000 m Höhe.

Sogenannte Teamkollegen springen vor ihr ab und werden wohl, aus ihrer momentanen Sicht, als immer kleiner werdender schwarzer Punkt, erwartungsgemäß, mit beiden Füßen, sicher auf dem Boden aufkommen. Gebührende Anerkennung ist ihnen dann schon, allein für ihren mutigen Höhenflug, gewiß.

Dieser verdammte Schirm will sich partout nicht öffnen lassen! Ihr Puls rast. Geistes gegenwärtig, mit »geschultem« Blick, versucht Nathalie, bei Sekunden schnellem Fall, mehrere Rettungsoptionen auszuwählen; jedoch ohne Erfolg. Dreckige Manipulation Gewissenloser, oder einfach nur die Ironie des Schicksals?

Große Panik überkommt sie und ihre Verzweiflung wächst von Sekunde zu Sekunde. Sie fällt, fällt, fällt immer tiefer, und? Jetzt! Gleich wird sie aufschlagen! Bestimmt ganz hart und unerbittlich. Kein Zurück mehr! Was wird sie danach erwarten? Für ein Gebet ist es jetzt auch schon zu spät. Da, sie hat sie unwiderruflich aus ihrem Amulett gefischt und beißt fest auf die Kapsel … Ihr wird schwarz vor Augen, ein höhnisches Gedanken-Wirrwarr schießt ihr blitzartig durch den Kopf; »Dumm gelaufen!« »Kein Erbarmen!« »Rien ne vas plus!« (Nichts geht mehr!)? Dann, ein lauter Schrei; Nathalie ist hellwach. Der furchtbare Traum ist endlich vorbei.

Doch das Leben hält noch eine ungeahnte Steigerung der tragischen Ereignisse für sie bereit.

Hier beginnt nun das entscheidende Kapitel über Nathalie Chantal Lefèvres bittere Erfahrung mit der Ohnmacht, die durch Willkürlichkeit in schwarzer Robe mächtig wird; in einem ergreifenden Leben für Gerechtigkeit und Würde …

Juristische Interpretation der Autorin (hier »fiktiv« nach Deutschem Recht):

nur mal angenommen, in irgend einem Land würde ein Justizirrtum entdeckt und wirklich korrigiert werden können, so z. B. wegen eines unschuldig in Untersuchungs-

haft gesessen habenden Bürgers, irgend eines Staates; dann würde, wenn sich tatsächlich so ein Fall, beispielsweise in Deutschland, zutragen würde, der Deutsche Staat (derzeit) gerade mal 10,53 Euro an Entschädigung pro Tag entrichten.

Bei manchen Richtern führt die im Artikel 97 (1) des Grundgesetzes geregelte Unabhängigkeit zu einer fatalen Unkontrollierbarkeit.

Hier müßte die dritte Gewalt im Staate über ein internes Kontrollsystem verfügen, um jeglichem, möglichem Mißbrauch, der dramatische und sehr oft auch nicht korrigierbare Folgen haben kann, entsprechend vorzubeugen. Wenn ein Fehlurteil nun gar kein Irrtum, sondern etwa eine beabsichtigte Entscheidung sein sollte, dann hätte man theoretisch das Recht, bei der Erfüllung des Tatbestandes der Rechtsbeugung, den/die Richter/in anzuzeigen, dennoch mit einer sehr geringen Chance auf eine reale Erfolgsaussicht! Das Rechtssystem, in das man als Bürger recht großes Vertrauen setzt, ist doch sehr lückenhaft.

Leider stehen den Gerichten zu viele Möglichkeiten zur Verfügung, um ungehindert Machtmißbrauch begehen zu können, was sich dann weit vom Ziel von Recht und Gerechtigkeit entfernen und in in einem skandalösen Justizunrecht enden kann.

Im Gegensatz zu den vor den Amtsgerichten verhandelt werden den Bagatellstreitigkeiten und der sogenannten Kleinkriminalität, wird bei den Straf- und Schwurge-

richtskammern der Landgerichte kein Protokoll über die mündliche Verhandlung, sondern lediglich ein formelles Verlaufsprotokoll, ohne inhaltliche Aufschlüsse über den Verhandlungsverlauf, geführt.

Nur der Urteilsbegründung lassen sich dann die Ergebnisse der Beweisaufnahme entnehmen, welche fast ausschließlich vom Vorsitzenden Richter des Gerichtes, verfaßt wird. Dieser entscheidet ebenfalls darüber, ob und wie hier Aussagen bewertet werden. Letztendlich paßt das Ergebnis der Beweisaufnahme zum gefällten Urteil.

Eventuelle Fehlinterpretationen oder etwa bewußte Sachverhaltsverfälschungen und Inhaltsverdrehungen, sind im Nachhinein schwer feststellbar und daher so gut wie unkorrigierbar. Die Voraussetzungen für eine Berufung oder Revision sind dann ungünstig, zumal das Ziel der/des Richter(s)in, ein »revisionssicheres« (auch »wasserdicht« genannt) Urteil ist. Hierbei wird auch billigend in Kauf genommen, dass es sich um ein »Fehlurteil« handeln könnte. So könnte man nach mißglückter Revision und Wiederaufnahmebetreiben des Prozesses womöglich außerdem Opfer einer Kumpanei unter Richterkolleg/inn/en werden; wenn beispielsweise Richter/innen absichtlich die Rechtsfindung verweigern (=> Strafvereitelung im Amt). D. h., sachliche Fehlurteile (Urteilssprüche) wären somit in Fällen der schweren Kriminalität kaum noch aufzuheben. Dazu fehlt es in solchen Staaten, wie oben bereits aufgeführt, an weiteren, unabhängigen, prüfenden Kontrollinstanzen.

Dabei spielt immer wieder die bereits erläuterte richterliche Unabhängigkeit eine gewichtige Rolle. Der/die Richter/in entscheidet frei, nach eigenem Ermessen, über die Festlegung des Strafmaßes, die Bewertung der Beweisaufnahme und letztlich die Urteilsbegründung.

Bei angenommener richterlicher Selbstherrlichkeit (=> richterliches Allmachtsdenken), Willkürlichkeit und Inkompetenz wird dann die unabhängige Urteilsfindung »ad absurdum« geführt.

Vorwiegend bei Kapitalverbrechen sind dann Mängel der Strafprozeßordnung besonders spürbar.

Unter Umständen können Zeugenaussagen, Indizien oder gutachterliche Ausführungen seitens solcher Richter/innen »falsch« dargestellt werden. Strafvereitelung im Amt (=> wenn ein/e Richter/in die Rechtsfindung schlichtweg verweigert).

Im dem (hier als ein fiktiv »konstruiertes« Beispiel) Falle der Nathalie Lefèvre lehnte das Amtsgericht (AG) XY (als Strafgericht im »Privatklageverfahren«), in erster Instanz, die Eröffnung eines Strafverfahrens gegen die beschuldigte Person ab. Das Landgericht (LG) XY bestätigte (binnen nur vier Werktagen), den mit Verfahrens-, Inhalts- und Sachverhaltsfehlern behafteten Beschluß des AG XY (Gesch.-Nr.: 00 Xx 0/00) und hatte sich befremdlicher Weise diesem damit »angeschlossen«. Zudem wurde die angekündigte Rechtsmittelbegründung (vom 00.00.0000) ihres Prozeßbevollmächtigten für die sofortige Beschwerde (vom 00.00.0000) nicht abgewartet.

Hierzu gab es auch ein entsprechendes Beschwerdeschreiben des Rechtsanwaltes, Herrn X aus Y-Stadt, welches dann ebenfalls seitens des Landgerichtes einfach übergangen worden war.

Eine für das Gesamtverfahren bedeutende und Beweis bringende »eidesstattliche Erklärung« eines »Zweit«Zeugen des Opfers, vom 00.00.0000, wurde zudem nicht bewertet. Diese Verfahrensweise (mit fehlendem rechtlichen Gehör) brachte Nathalie Lefèvre (als Verbrechensopfer) gravierende Rechtsnachteile ein, die sie verständlicher Weise nicht bereit war, zu tragen.

Anmerkung der Autorin:
Wie sollte also in solch einem Falle ein Verbrechensopfer davon überzeugt sein, dass das Vertrauen in dessen Rechtsstaat die einzige vertretbare Alternative zur Selbstjustiz darstellt?

Nathalie Lefèvres **nochmalige** Bitte, gerichtet an den Vorsitzenden Richter des Landgerichtes XY, beinhaltete den Wunsch, zu prüfen, ob die Möglichkeit (oblag seinem Ermessen) bestand, nach gewissenhafter Einsichtnahme in die diversen Ermittlungsakten, eine Korrektur seines Beschlusses vorzunehmen, mit der Maßgabe, den (ungerechtfertigten) Beschluß des Amtsgerichtes XY (vom 00.00.0000) aufzuheben. Diese richterliche Verfügung hätte insoweit auch die Bewilligung der ihr rechtmäßig zugestanden habenden, beantragten PKH (Prozeßkostenhilfe) mit sich bringen können, deren Ablehnung schikanöser Weise erst **nach** dem Anfall von unnötigen Kosten seitens des AGs XY erfolgte.

[**Info:** Der ehemalige Opfer-Anwalt Nathalie Lefèvres, Herr X, aus Y-Stadt, wählte in dieser Strafsache den Weg der Privatklage lediglich deshalb, weil er darauf vertraut hatte, dass die/der zuständige Vorsitzende erkennen würde, dass sich die Aktenlage gravierend geändert hatte und somit die Sache an die Staatsanwaltschaft XY verweisen würde, wegen des hier vorgelegen habenden öffentlichen Interesses (Sexuelle Nötigung **in Tateinheit** mit mindestens zwei Körperverletzungsdelikten; gemäß den Bestimmungen der §§ 177 und 223 StGB).

Statt die Möglichkeit einer »Heilung« der ausgebliebenen Ermittlungen (Wiederaufnahme des Ermittlungsverfahrens und Eröffnung der öffentlichen Anklage) seitens der Staatsanwaltschaft (STA) XY zu schaffen, wurde die Sache »an die Wand gefahren«, indem der Vorsitzende Richter den Sachverhalt und den Inhalt des Falles, zum Nachteil Nathalie Lefèvres, »interpretiert« hatte, was dennoch in erheblichem Maße die Grenzen einer ihm zustehenden »freien Beweiswürdigung« unzulässig sprengte (siehe Strafprozessordnung; StPO).

Die ihm zur »Last« gelegten Vorwürfe hatte er ganz allein mit seinem Gewissen auszumachen.

Man sollte doch eigentlich glauben dürfen, dass ein/e

Richter/in Gesetze ausführt und stellt sich dann hierbei die Frage, warum dann so manche/r Richter/in Recht und Gesetz bricht und dadurch gegen die Grundrechte verstößt. Richter/in sein heißt doch, nicht nur Recht zu sprechen, sondern auch Gerechtigkeit walten zu lassen, oder?]

Ein verzweifeltes Schreiben Nathalie Lefèvres, an den Präsidenten des Landgerichtes XY, in dem Versuch, den mittlerweile recht kompliziert gewordenen Werdegang ihres Falles zu veranschaulichen und aufzulösen, blieb jedoch leider ohne jeglichen Erfolg.

Hier folgt für die/den werte/n Leser/in ein (fiktiv konstruierter) Auszug aus dem angekündigten Schreiben der Nathalie Lefèvre vom 00.00.0000:

»… [eine anwaltliche Vertretung muß aus Kostengründen ausbleiben, wegen ungerechtfertigter Ablehnung der Prozeßkostenhilfe (PKH), seitens dem Amtsgericht XY, in XY-Stadt.]

Geschäfts-Nr.: 0000 X – 00/00; (jetziger Bearbeiter: RaAG X)

Meine handschriftliche Eingabe vom 00.00.0000 in Zusammenhang mit der Sachbehandlung des Verfahrens **00 Xx 00/00**, LG XY (14 S.); meine »Fall-Lösung« mit Beweisführung (X S. inkl. Anlage), an Herrn Präsidial-Richter X, handschriftlich, vom 00.00.0000; Meine begründeten Beschwerdeschreiben wegen ausgebliebenem rechtlichen Gehör, gemäß dem § 33 a StPO, an Herrn VRaLG X, vom 00.00.0000 und 00.00.0000 sowie vom 00.00.0000 an Frau Richterin X am LG XY (bezieht sich auf die LG-Beschlüsse vom 00.00.- und 00.00.0000 => resultierend aus dem Basis-Beschluß des Richters am AG XY, Herrn X);

Beschwerde-Schreiben des Herrn X aus Z (=> mein bis dato übergangener »Zweit«zeuge); trotz seiner mehrfach abgegebenen eidesstattliche Erklärungen; übergangene Rechtsmittelbegründung meines ehemaligen Prozess-bevollmächtigten, Herrn RA X aus Y-Stadt (siehe bitte auch die »sofortige Beschwerde« vom 00.00.0000)

Beschluß des LG XY Gesch.-Nr.: **0 Xx 00/00**, vom 00.00.0000, basierend auf meine Richtigstellung und Beschwerdeschrift gegen den Inhalt des erneuten Be-schlusses bzw. auch bezüglich der »vorbehaltlichen«, zulässigen, »sofortigen Beschwerde« vom 00.00.0000 (per Telefax am 00.00.0000), gegen ehemals unge-rechtfertigt erhobene und mir gegenwärtig »neu« aufer-legte Beschlußkosten des Herrn Richters X am AG XY, vom 00.00.0000 (bezüglich meiner »Erinnerung« vom 00.00.0000);

hier: »erneuter« Antrag auf (1). **Wertung** dieser Eingabe / Richtigstellung / Beschwerde **als Gegenvorstellung** bzw. (2). **rechtliches Gehör** nach § 33 a StPO (=> OLG XY in 00/0000 = **Gz.: 0 Xx 000/00**) sowie (3). **Verwerfung** der mir bislang ungerechtfertigt und daher unzulässig auferlegten Beschlußkosten

In der o. g. Gerichtssache stellte ich am 00.00.0000 die im »Bezug« genannten Anträge, mit der Bitte um eine entsprechende gewissenhafte Veranlassung und machte am 00.00.0000 (über das Innenministerium XY) eine bislang unzureichend beantwortete Eingabe.

Ich bat ferner um humane Würdigung meiner »unumstößlichen« und geradlinigen Entscheidung, mich als Verbrechensopfer zu weigern, sämtliche Beschlußverfügungen (hier seitens AG XY und LG XY) bezüglich jeglicher Beschlußkosten an zu erkennen.

Wann (**entgegen Ihrem Schreiben vom 00.00.0000** (und 00.00.0000)) erfolgt bitte endlich einmal eine gründliche Aktenkunde, um Richterliche Willkür und wiederholt unnötig ausgefertigte Kosten »trächtige« Beschlußausfertigungen an mich zu ersparen!

Ein Blick auf die Kalendermonate Januar und Februar 0000 genügt, um abermals in den fast 1,5 Jahren Gerichts«versagen«, geprägt von verachtenswerter Behördenwillkür und würdeloser Ignoranz, feststellen zu können, dass das Landgericht XY wieder einmal »Rekord verdächtige« Bearbeitungszeiten zur Aktenrecherche leistete; binnen vier Werktagen beschloß die X. Strafkammer und unterstellte mir, dass meine zulässige Beschwerde vom 00.00.0000 unbegründet gewesen sei und daher zu verwerfen war sowie meine am 00.00.0000 formulierte Beschwerde (»Erinnerung«) gegen die Kostenrechnung des Amtsgerichtes XY vom

00.00.0000 (Beschluß) »zu Recht zurückgewiesen worden wäre«. Meine eingehenden Begründungen und »Richtigstellung« wurden bis dato einfach **unbegründet** übergangen.

Warum erging in XY-Stadt, befremdlicher Weise vor der fristgerechten Ankündigung einer Rechtsmittelbegründung meines Opfer-Anwaltes, ein Beschluß des LG XY und warum wurde, nach Beschwerde seitens des Rechtsanwaltes, darüber, diese Beschwerdebegründung übergangen? (!)

Des weiteren wurde die fatale, **nachweislich** abgegebene polizeiliche, widersprüchliche »Falsch«-Aussage des »Erst«zeugen **privilegiert** und ist weiterhin **ungeprüft**!

Wenn Sie nicht dienstaufsichtrechtlich tätig sein wollen oder können, **dann** senden Sie bitte diese Beschwerdeschrift unverzüglich an das Oberlandesgericht (OLG) in XY zur Prüfung und zur weiteren Veranlassung.

Hochachtungsvoll
(Nathalie Lefèvre)«

Zusammenfassend gesagt, lag also im Falle der Nathalie Lefèvre Strafvereitelung im Amt vor (=> wenn ein/e Richter/in die Rechtsfindung schlichtweg verweigert); denn das Amtsgericht XY (hier Strafgericht) lehnte die Eröffnung eines Strafverfahrens gegen die beschuldigte Person ab.

Das Landgericht XY bestätigte (binnen weniger Werktage (!)) den wirren, an den Tatsachen vollkommen vorbeigehenden kostenträchtigen Beschluß des AGs, zum gravierenden Nachteil des Verbrechensopfers, Nathalie Lefèvre.

Dieses konstruierte Beispiel zeigt in tragischer Weise, was passieren kann; bzw. was hier geschehen war, wenn sich vermeintlich »objektive« Richter/innen lieber von Voreingenommenheit, Klischees und willkürlichem Machtmißbrauch leiten lassen, als ihren »unzweifelhaften« Blick dem wirklichen Tatbestand zu zuwenden. Mangelndes Verständnis, fehlende Einsicht sind die Folgen ihres juristischen Vergehens.

Wohl auch ein völlig unangebrachter Widerwille, sich beispielsweise mit fragwürdigen Details eines Kapitalverbrechens zu befassen. Menschen verachtende Rechtsnachteile wären/sind hier dann die bittere Konsequenz.

Die Nichteröffnung eines Prozesses wäre und ist nicht nur eine sachliche und juristische Fehlentscheidung; aufgrund ihrer Folgen ist dieses auch ein Beispiel für ein rechtspolitisches Versagen »erster Güte«.

Die Entscheidung der X. Strafkammer des Landgerichtes XY über den Beschluß des Amtsgerichtes XY bezüglich der Kostenentscheidung war für die Geschädigte Nathalie Lefèvre fatal gewesen, da hier die völlige Verkennung der Umstände vorgelegen hatte.

Das AG XY (Strafgericht im Privatklageverfahren) stellte die Wahrheit »auf den Kopf«, ohne dass es dafür »von Rechts wegen« Beweise geben konnte. Die Beschwerdeinstanz (hier die XX. und X. Strafkammer des LG XY begang Rechtsbeugung (im Sinne des § 336 StGB), um gegebenenfalls in beispielsloser »Justizkumpanei« den Unrechtsurteilen ihres Kollegen; wenn nicht schon zur Wahrheit, so »wenigstens« zur formal juristischen Korrektheit zu verhelfen.

<u>Leider orientierte sich hier die Justiz nicht ansatzweise an der Macht der Gerechtigkeit!</u>

In dem Artikel 20 des Grundgesetzes ist das Rechtsstaatsprinzip verankert.

Nathalie Lefèvre sah sich nun, verständlicher Weise, in ihrem fatalen Justizfall mittlerweile einer Phalanx von Richter/inne/n und Staatsanwält/inn/en gegenüber, die in »freier Beweiswürdigung« (nach § 261 StPO) und damit so gut wie unkontrolliert über Wahrheit, Gerechtigkeit, Schuld und Unschuld entschieden hatten…

Die Duplizität der Ereignisse

Jahre später, in einem Sommer, ergaben sich erneut auffälliger Ärger und Aufregungen in Nathalies Wohnanlage, wegen technischer Probleme (u. a. durch das Aufkommen gravierender Wohnungsmängel). Die Verwaltung des Anwesens bzw. der Hausverwalter, ein gewisser Herr Christian Leroc, Ende Fünfzig, von untersetzter Figur, mit »stechenden«, kalten, blaugrauen Augen und einem auffallend großem Bauch, wurde zum wiederholten Male informiert, weil der Hausmeister, Herr Bouteille, ohne Auftrag der Verwaltung nicht tätig werden durfte. Der Hausverwalter Leroc war schon öfters vor Ort gewesen, um sich dieselben Mängel anzuschauen. Kosten für die Beseitigung versuchte Leroc gerne auf die Bewohner (Mieter/innen) ab zu schieben.

In den Häusern der Wohnanlage wohnten u. a. einige betagte Bewohner/innen, die nun total verunsichert waren (wegen den hohen Kosten und dem zunehmend schlechten organisatorischen Ablauf). Leroc sorgte durch sein Verhalten für ein Klima der Unsicherheit und Mißtrauen, es kam dadurch untereinander auch des Öfteren zu Mißverständnissen. Aus eigenem Interesse und auch im Sinne ihrer Mitbewohner/innen hatte die hilfsbereite Nathalie versucht, sich für andere Mieter/innen zu engagieren. Sie wohnte nun schon viele Jahre in einem der Häuser in der großen, Palmen umsäumten Wohnanlage, unweit des Smaragd grünen Meeres und schätzte die vertraute Gemeinschaft sowie nette soziale Kontakte. Auch wollte sie den Erhalt des Hauses bzw. der Anlage fördern, zumal die Wohngegend sehr einbruchsicher war und sich in guter Lage befand.

In diesem Zusammenhang folgten mehrere Telefongespräche und ergebnislose Debatten mit Leroc.

Beispielsweise kam der Hausmeister einfach nicht, trotz vorheriger Terminabsprache, oder er kam wiederholt ohne Anmeldung vorbei und reparierte Dinge einfach »kaputt«, o. ä.

Nathalie konnte sich zumeist verbal und auch schriftlich, mit guten juristischen Kenntnissen, durchsetzen.
Leroc drohte zwar einige Male subtil mit Klagen oder den Hausanwälten des Macht besessenen, »herzlosen« und schwergewichtigen Eigentümers und Maklers, dem Großgrundbesitzer, Herrn Marcel De Claude; aber letztlich hatte er dann doch nie etwas in dieser Richtung unternommen und mußte »klein« beigeben.

Diese Aufregungen hatten Nathalie psychisch und auch physisch in einem erheblichen Maße beeinträchtigt. Im Übrigen war dem Verwalter Leroc ihre Krankheitsgeschichte bestens bekannt, da er einmal »rein zufällig«, bei einer Wohnungsbegehung in ihrem Appartement, medizinische Unterlagen eingesehen hatte.

Ein paar Monate später stand Leroc, früher als am Vortag telefonisch mit Nathalie verabredet, vor der Haustüre des Anwesens, man wollte über diverse zu beseitigende

Mängel reden. Ein Auszubildender des Vermieters wartete im Firmenauto und sagte ihr, dass Leroc bereits auf sie warten würde. Sie war zuvor bei ihrer Schneiderin, Frau Gloria Alvarez gewesen.

Leroc ging sodann mit ihr rasch in ihr Appartement hinauf. Der hauseigene Lift war belegt. Jetzt folgte ein Gespräch über die anstehende Mängelbeseitigung, in Form eines Smalltalks. Er verhielt sich dominant (was er sagt, wird getan) und sah sie mit starren Augen durchdringend an. Nathalie hatte den Eindruck, als zöge er sie mit den Augen aus. Ihr traten Tränen in die Augen.

Sie fühlte sich mit der Situation um all diese Mietangelegenheiten irgendwie überfordert und genervt, denn Leroc versuchte u. a., die Dinge mit Kostenfragen und anderen verwaltungstechnischen Tricks zu verzögern. Hierbei warf sie ihm vor, dass er »knall hart« sei und fragte ihn, ob man das ganze unnötige, Nerven aufreibende »Hin und Her« nicht lassen könne, denn das alles war so zeit- und schreibintensiv, und letztlich müsse er bzw. die Firma ihr doch wieder einmal Recht geben.

Leroc ging nickend, mit einem schmierigem Grinsen im Gesicht, auf Nathalie zu und reichte ihr mit festem Druck seine breite rechte Hand und sagte zu ihr: »ja ich bin »knall hart«, auch im Sex«. Er zog sie plötzlich an sich und küsste sie einfach recht intensiv. Der Kuss überraschte sie völlig. Nathalie befand sich in einem Zustand zwischen Erschrecken und tröstlichem Überrascht sein; Leroc drückte sich dabei an ihren Körper und sie konnte seine körperliche Erregung spüren. Sie trat dann verlegen einen Schritt zurück und schob gewandt ihren rechten Handrücken an seinen Brustkorb. Flink erhob Leroc nun seine rechte Hand und tippte mit dem Zeigefinger auf ihre Brust (wie eine Pistole) und Nathalie erschrak.

Leroc sprach nun zischend und ernst zu ihr: »Kein Anruf bei mir zu Hause und keine Rederei in der Firma«. Er versprach dann noch, dass er ihr künftig sie seelisch erniedrigende Dispute mit dem Hausmeister ersparen und dessen Arbeitsausführung im Auge behalten würde. Es seien ja auch schon mehrere Beschwerden von Mieter/innen (auch aus einem anderen Mietobjekt) über ihn bei ihm eingegangen und sie dachte, jetzt würde künftig alles besser bzw. störungsfreier ablaufen.

Der Auszubildende klingelte plötzlich an Nathalies Haustüre und Leroc verließ sofort ihr Appartement.

Er kam an diesem Tage nochmals gegen Mittag, da er in der rechten Maisonettewohnung in ihrem OG, bei einem Ehepaar, einen Wasserschaden zu besichtigen hatte, in Begleitung des Azubis. Es war nämlich ein sehr großes »Theater« im Hause und auch vor dem Haus, weil diese Mieter einen extrem lautstarken Disput (die Frau hatte ihren Mann dazu sogar von seiner Arbeit im Hafen nach Hause beordert) mit dem Hausmeister hatten, da auf ihren Küchenboden heißes Wasser aus der Waschmaschine gelaufen war. Der Hausmeister habe Tage zuvor Geld von der Mieterin bekommen für die Anpassung und Montage des Wasseranschlusses und diese »Angelegenheit« sei nun auf dessen fehlerhafte Arbeit zurückzuführen. Unter diesen etwas sonderbaren Leuten wohnte Nathalies gute, ältere, mit ihr schon viele Jahre befreundete Mitmieterin, Christine Laurent und deren Freund Bruno Da Michele, ein ehemaliger Marineoffizier, der sich rührend um sie kümmerte, als eine Art Betreuung. Dieser Herr verbrachte die meiste Zeit bei ihr, u. a. sah sie nämlich sehr schlecht. Er führte zusätzlich seine eigene Mietwohnung an einem anderen Küstenort. Jetzt ging hier also der ganze »Zirkus« weiter, da sich Tapete an der Küchenwand gelöst hatte, bei Nathalies Freundin Christine; auch weil Leroc hier angeblich bewußt auf der falschen Wandseite Digitalfotos von dem Schaden gemacht habe.

Draußen an der Hauswand sah man dann auch schon mehrere große Wasserplacken. Nathalie weinte, weil sie merkte, dass hier eben wieder einmal sehr großes Unrecht geschah. Glücklicher Weise durchschaute der Freund von Christine diese ganzen haltlosen Geschehnisse vor Ort und war Jemand, der sich nicht einschüchtern ließ und auch unangenehm »laut« werden konnte.

In diesem Trubel war Leroc also noch einmal bei Nathalie vorbei gekommen, mit den Worten, »ich muß mir das (?) noch einmal ansehen.« Er war sehr ärgerlich auf sie und führte aus: »Halt´ Dich daraus, das regele ich. Du hast als »O« zu schweigen!« Warum hast Du mich nicht angerufen?!« Sie entgegnete ihm: »Aber ich möchte doch bloß, dass hier Frieden herrscht und es tut mir für meine Mitmieter/innen so leid.« Plötzlich zog er sie fest an sich und küßte sie, ehe sie es realisieren konnte, ungestüm und heftig. Dabei kniff er ihr fest, mit einer leichten Drehbewegung, in ihre linke Brustwarze. Sie rief »autsch« und war schockiert. Er sagte: »Bitte sei jetzt ruhig, Du hast Dir das verdient«!

Leroc verließ dann rasch ihre Wohnung, wollte vorsichtig sein, damit Niemand, so auch nicht der Auszubildende, etwas bemerken konnte.

Am nächsten Morgen stellte sie Leroc telefonisch auf dieses schmerzhafte Brustkneifen hin zur Rede, worauf er ihr erwiderte, dass sie als »0«, auch in seiner Gegenwart vor Leuten, zu schweigen habe, er der »Herr« sei und es weh tun müsse, wenn er ihre Brust »anfasse«. Nathalie fragte ihn dann noch, was dies´ nun alles mit Dominanz zu tun habe. Er schwieg sich aber dazu aus und faselte irgend etwas von einer »Steigerung«.

Wenn sie irgendwann wirklich auf »0« sein würde, dann würden größere »Belohnungen« (?) für sie folgen; beispielsweise, dass er, der ja sehr viel Macht in seinem Zuständigkeitsbereich bei dem Unternehmen des Eigentümers habe, sie erst dann »richtig« anhören würde, bei Sorgen und Ängsten in den Mietangelegenheiten. Sie verstand zu diesem Zeitpunkt nur »Bahnhof«.

In der Folge telefonierten sie regelmäßig, meist morgens gegen 7:00 Uhr. Leroc sagte, sie solle ihn zumeist anrufen, wegen Kontrollen der Anrufe, durch Einzelverbindungsnachweise der Telefongesellschaft an den

Eigentümer. Da sie einfach nur ihre Ruhe haben wollte, schwieg sie.

Ein oder zwei Tage vor Winterbeginn war dann der Eigentümer De Claude, höchst persönlich mit einer seiner protzigen Edellimousinen auf ihr Grundstück vorgefahren. Er besprach sich lautstark und cholerisch im Beisein des nun wie ein »begossener« Pudel drein schauendem, verstummten Leroc, mit Mitarbeitern einer Bodenbaufirma.

Die Arbeiten an den privat eigenen Wasserrohren De Claudes waren nämlich eine Woche zuvor ins »Stocken« geraten; hierbei ging es in aller Wahrscheinlichkeit um die Klärung der Modalitäten hinsichtlich einer Kostenübernahme durch den Auftraggeber. Nathalie sah das Geschehen zufällig vom Fenster aus, zum Treppenhaus, als sie Abfälle zum Müllcontainer bringen wollte. (Ihr Appartement besaß kein Fenster zur Promenade hin. In der Küche und im Bad gab es auch kein Fenster, nur zur Strandpark ähnlich angelegten Internatshofseite hin. Auch eine Gegensprechanlage gab es nicht in den Häusern der Wohnanlage). De Claude stand noch immer an der Baustelle und zwirbelte geschäftig seinen schwarz gefärbten Bart.

Kurz darauf begab sich Nathalie hinunter, zu ihrer lebenslustigen Freundin im Hochparterre. Christine und ihr Freund hatten auch schon die »Hof«neuigkeiten erspäht, da diese vom Küchenfenster aus einen guten Blickwinkel hatten.

Einige Zeit später begegnete ihr Leroc, auf dem Weg vom Swimmingpool zum Treppenhaus, unweit des ewig defekten Liftes.

Er erstickte Nathalies förmliche Begrüßung mit einem »geraubten« Kuß und murmelte nur noch irgend etwas von der Firma und sie solle doch unbedingt daran denken, dass am übernächsten Morgen, ab 8:00 Uhr, »High-Life« in der Wohnanlage sei, wegen den geplanten Bauarbeiten vor den Häusern. (Alle Mieter/innen – aus den Häusern – sollten dann an diesem Tage ihre Wohnung zugänglich machen, oder ihren Wohnungsschlüssel an Personen ihres Vertrauens aushändigen, da die Firma sonst nicht tätig werden könne. An jede Haustüre und an jede Wohnungstüre ließ Leroc einen entsprechenden Hinweisaushang anbringen).

Am besagten Morgen war dann Leroc wegen der »gemeldeten« Bauarbeiten zugegen.

In der Wohnanlage waren an diesem Tage sogar mehrere Firmen (bis in die Nachmittagsstunden) »zugange«, um die Reparaturarbeiten durchzuführen. Leroc war u. a. für die Aufsicht zuständig.

Nathalie genoß großes Vertrauen bei ihren Mitbewohner/innen im Hause. So kam es, dass sie diverse Wohnungsschlüssel vorhielt. Sie sprach sich nun also mit Leroc und den Obermonteuren der Fachfirmen ab, um das Procedere der Wohnungsöffnungen und Schließungen, für Mittags, entsprechend zu koordinieren.

Nathalie hatte Leroc an diesem Morgen irgend wie, als sie unangenehm verbal erniedrigen wollend empfunden und war an diesem Tage zudem durch ihre Monatsregel besonders sensibel und verletzlich. Sie bemerkte einen »eiskalten« Gesichtsausdruck an ihm, der sie erschaudern und erschrecken ließ, ohne dies´ genauer definieren oder werten zu können.

Irgendwann an diesem turbulenten Morgen, klingelte Leroc an ihrer Wohnungstüre. Sie öffnete, er schob sie durch den Flur und trat mit ihr ein.

Er sagte »kurz angebunden« und zornig zu ihr: »Knie nieder« und »Rock hoch«.

Sie hatte ein mulmiges Gefühl und löste daraufhin intuitiv und vorsorglich die Rekorderfunktion ihrer neuen »Hightech«Stereoanlage aus. Sie bedeutete ihm zuvor, bitte eine Musik-CD wechseln zu wollen, was ganz in seinem Sinne war. Die Aufnahmefunktion aktivierte sich und sie hoffte nur, dass das Gerät nicht irgend welche Piepsgeräusche von sich geben würde.

(Die Aufzeichnung von Tat 1 funktionierte; man hörte hier beängstigende Befehle und das Schlagen von Leroc mit einer von ihm mitgebrachten Rute).

Nathalie nahm danach gleich zwei Tabletten ihres Antidepressivum ein. Sie hatte mehrere Weinkrämpfe und hörte während dessen, über Stunden, laut, südländische,

sehr sentimentale und ergreifende Musik, deren inhalt-
licher Text, ihr Trost spenden sollte.

Mittags »zog« sie, ohne die Contenance zu verlieren, im
Beisein eines Obermonteurs, mit Leroc und dem Aus-
zubildenden die Begehungen der ihr anvertrauten Wohnungen durch. Der Auszubildende war zugegen, um jede
Wohnungsbegehung auf einem Reißbrett abzuhaken.
Während dessen gab es im Treppenhaus, von Leroc
subtil gesteuerte, sich »hoch schaukelnde« und von den
Mieter/inne/n aus, berechtigt erwiderte, sich rechtferti-
gende Endlosdiskussionen. Nun spürte Nathalie ganz
deutlich, welch´ hinterlistiges »Spiel« Leroc doch trieb.
Er verbot einem Herrn zornig den Mund und versuchte,
die anwesenden Hausbewohner/innen gegen einander
aus zu spielen; auf eine intrigante, Macht bekundende
und einschüchternde Art und Weise.

Nathalie war jetzt wütend geworden und entgegnete ihm
in dem selben unangenehm harten Ton, ihre rhetorischen
Kenntnisse einsetzend und »stellte« sich auf die Seite ihrer Mitmieter/innen. Dann ging sie, Leroc keines Blickes
würdigend, sich noch freundlich von dem Auszubilden-
den und dem Monteur, der im Übrigen wohl so einiges
von Lerocs »Verhalten« gegenüber Mieter/inne/n wußte
und dies´ nun auch an diesem Tage mitbekam, verab-
schiedend, in ihr Appartement zurück.

Am frühen Nachmittag kam Leroc ein zweites Mal. Dieser »Besuch« wurde ebenfalls vorsorglich von Nathalie
aufgenommen (Tat 2). Dieses Mal pochte es laut mit

dem Türklopfer an ihre Wohnungstüre, sie öffnete die Tür einen Spalt weit, aktivierte aber unmittelbar davor sicherheitshalber die Aufnahmefunktion ihres Rekorders. Es war Leroc! (Die Klingel war; das wußte sie da aber noch nicht, zwischenzeitlich durchgebrannt. Diese war kurze Zeit zuvor, vom Hausmeister, in Lerocs Auftrag, mit Klebeband isoliert worden, weil sie zuvor zu laut durchs ganze Haus »gongte«).

Nathalie erschrak. Leroc dirigierte sie jetzt mit einem sehr bösen Gesichtsausdruck, sie mit Eis kalt und Hass erfüllt blickenden Augen taxierend, durch den »Mini«flur in den Wohnraum.

Sie glaubte, jeden Moment ohnmächtig werden zu können, hatte extrem große Panik und das plötzlich aufkommende Gefühl, sich jetzt ganz still verhalten zu müssen. Es »schoß« ihr in einen Bruchteil von Sekunden durch den Kopf, dass sie keine reale Chance in dieser Situation haben würde, körperlich gegen ihn an zu kommen. Nathalie weinte dabei nur »in sich hinein«, schrie aber nicht und verdrängte. Vielleicht kamen ihr hierbei auch die am Morgen eingenommenen Tabletten zu »Hilfe«, durch zu halten.

Diese beiden schrecklichen Vorfälle belasteten sie nun in besonderem Maße. Sie durchlebte »Flashbacks« und ihr wurde damit transparent, wie furchtbar das Alles war.

Nachdem Leroc endlich gegangen war, verfiel sie in einen Schockzustand und erlitt einen schweren Depressionsschub mit einem darauf folgendem Asthmaanfall. Nathalie bemühte sich, die verwerflichen Übergriffe zu verdrängen und das kostete sie unendlich viel Kraft.

Sie versuchte, sich auf Meditationsmusik zu konzentrieren und telefonierte verzweifelt und panisch kreuz und quer anonym durch Europa, in dem Versuch, beruhigende Hilfe zu erfahren. Doch es wurde Alles nur noch viel schlimmer.

So wie »Espenlaub« zitterte Nathalie jetzt am ganzen Körper, nahm ein Beruhigungsmittel und noch eine Tablette ihres Antidepressivum ein, um einen Zustand wie mit einer »LmaA«-Tablette vor einer operationsbedingten Vollnarkose zu erzeugen.

Am darauf folgenden Tage, hatte sich Nathalie ihrem Pastor des Ortes, Herrn José Fernandez, verzweifelt anvertraut. Sie weinte unaufhörlich und befand sich am Rande eines seelischen Abgrundes.

Der Seelsorger zeigte sich sehr betroffen und hilfsbereit. Er betete für Nathalie und riet ihr sofort zu einer Strafanzeige. Er sagte ihr, dass sie künftig in gar keinem Falle mit Leroc allein sein dürfe. Um missverständlichen Ärger zu ersparen, auch nicht mit dem Hausmeister. Es solle immer Jemand dabei sein. Er erwies ihr auch schon in Vergangenheit seine barmherzige und Taten kräftige Unterstützung.

Nathalie schilderte ihm ihre Ängste und Befürchtungen sowie auch den Zustand einer sie jetzt »lähmenden« Kräftelosigkeit, weshalb sie diesen besorgten, ernstlichen Rat, Strafanzeige zu erstatten, zu diesem Zeitpunkt nicht befolgen konnte. Ferner erklärte sie ihm, dass sie sehr verzweifelt sei, aber erst einmal abwarten wolle. Dennoch entband sie den Pastor von seinem Schweigegelübde.

Sie versuchte, weiterhin zu verdrängen; es war die »Hölle«…

In den nächsten Tagen hatte Nathalie weiteren Telefonkontakt zu Leroc und versuchte, sich nichts anmerken zu lassen, um seine Stimmung zu erfahren; sie wollte doch nur ihre Ruhe haben. Auch appellierte sie im Geheimen auf sein schlechtes Gewissen.

Dabei verkannte Nathalie bereits zu diesem Zeitpunkt, dass sie sich irrte und sich zudem maßlos überforderte.

Innerhalb einer telefonischen Debatte, in der sie versuchte, sich bei Leroc »abzureagieren«, indem sie in gekonnter Überheblichkeit die Beseitigung Monate lang übergangener Mängel forderte, im Beisein einer vertrauten und von ihr avisierten Person, überlag sie ihm verbal.

Leroc versprach ihr, sich umgehend zu kümmern; es würde gerade der Hausmeister, gegen den er »Minuspunkte« sammele, vor der Firmentüre stehen und Nathalie solle ihn doch bitte am nächsten Morgen noch einmal anrufen.

Am nächsten Morgen erzählte er ihr dann irgend etwas von Grippe und seiner im Sterben liegenden Mutter. Nur wenige Minuten später, innerhalb dieses Telefongespräches »forderte« Leroc sie auf, einen Rohrstock in einem Baumarkt zu besorgen, für weitere »Bestrafungen«, denn sie sei ja an dem »Reparaturtag« (zwei Taten) sehr, sehr »böse« gewesen und er hätte ihr eigentlich gerne, im Beisein von den Leuten, ein paar »geschoben«, aber dann hätte man wohl mit Sicherheit »Randale« gemacht und womöglich noch den Eigentümer, De Claude informiert. Nathalie solle sich doch mal um eine andere Wohnung bemühen, in neutraler Umgebung, wo ihn noch Niemand kenne und nicht über sie Beide geredet werden könne. Sie dachte, dass sie im »falschen Film« sei und redete sich erst einmal geschickt heraus, wegen den Kosten (Umzug, Kaution, etc.). Noch am selben Tage, um Zeit zu gewinnen, gab sie offiziell an die Immobilienfirma, bei einem Makler, den Suchauftrag für eine angeblich zu Kaufen beabsichtigte Wohnung.

Sie bestand bei diesem Telefonat mit ihm darauf, dass bei einem möglichen Kauf, an einem Teil der Abschlußprovision Herr Leroc als ihr »Tippgeber« unbedingt partizipieren solle, weil sie genau wußte, dass dieses Procedere unüblich und merkwürdig war, und Leroc so mit Sicherheit von ihrem »Kaufinteresse« in Kenntnis gesetzt werden würde.

So war es dann auch. Leroc selber berichtete ihr dann, bei einem morgendlichen Telefongespräch, dass es der Firma ganz seltsam vorgekommen wäre, man sich über ihn schon »muckieren« würde und ihn gefragt habe, was er denn eigentlich mit dem Immobilienverkauf zu tun habe.

Es kehrte etwas »Ruhe« ein und Nathalie dachte, dass sie das schon Alles schaffen würde, zumal Leroc ihr plötzlich am Telefon in der Gestalt Komplimente machte, als dass sie eine schöne, sehr intelligente Frau sei, die sehr wertvoll sei und er das Gefühl habe, dass sie daher zu Schade für Dominanz wäre. Sie stellte sofort und unmißverständlich, einen härteren Tonfall anschlagend, klar, dass sie sehr wohl den Umgang mit dominanten Menschen preferiere, was er auch ganz genau wisse!

Lerocs Intention und auch sein hinterlistiges Verhalten sowie seine tätlichen, perversen »Abhandlungen« würden aber, bewußt, in der Weise umgesetzt werden, als dass er als Kopie eines gewissen »Marquis de Sade«, Menschen, sowie jetzt ja auch sie, erniedrigen und zerstören wolle, um sich dadurch und daran sexuell zu erregen bzw. zu vergehen.

Nathalie nahm ihren ganzen Mut zusammen und teilte Leroc auch mit, dass sie jetzt, in ihrer auswegslosen, gesundheitlich und auch situativ bedingt, schlechten Verfassung, so einiges an Literatur gelesen habe, nachdem sie bei mehreren verzweifelten, anonymen Anrufen, bei entsprechenden Fachleuten klinischer Einrichtungen, eine vorbehaltliche Aufklärung erhalten habe und man ihr von mehreren Seiten bekundete, dass sie unter schwerem Schock stünde.

Leroc sagte zu ihr: »Ich helfe Dir doch sehr gerne daraus, aber durch meine momentanen Krankheits-, Firmen- und Privat bedingten Probleme und Zeitnot, bitte ich Dich um ein wenig Rücksichtsnahme«.

Er hatte Nathalie hier, nach kleinlauter, vorheriger telefonischer Anfrage bei ihr, im Appartement aufgesucht. Leroc brauche jetzt dringend ihre Unterstützung. Sie dachte bei sich: »Na, jetzt bereut er wohl endlich seine verwerflichen Vergehen an mir und bietet mir eine einsichtige und reuige Hilfestellung an, um im Rahmen eines nicht offiziellen Täter/Opferausgleiches aufarbeiten zu können«.

Als Leroc bei Nathalie eintraf, bestand sie, während des Tür Öffnens, ihre Stimme dabei ein wenig erhebend, dass die Zwischentür zum Flur geöffnet zu bleiben habe.

Leroc wirkte niedergeschlagen und war dann auch auffallend nett zu ihr und sie wünschte sich in diesem Moment, dass die Taten nur ein »böser Traum« gewesen sein sollten. Sie verdrängte wieder einmal; das passierte ihr nach Aussagen anderer Menschen öfters einmal, besonders nach traumatischen Erlebnissen, die sie ja schon genügende erfahren hatte.

Er setzte sich in den Bürodrehstuhl neben ihrer Flurtüre und gestattete Nathalie, nicht knien müssend, auf dem gegenüber liegenden Bürodrehstuhl vor dem Fenster, an ihrem imposanten weißen Marmorschreibtisch, Platz zu nehmen.

Leroc führte nun auf, Schwierigkeiten zu haben und dass sie ihm unbedingt helfen müsse, eine juristische Ausarbeitung für ihn vorzunehmen, pro Vermieter / Eigentümer; die Betriebskosten sollten an den Stand der Häuser angepasst werden, in Form einer Mieterhöhung.

Da ja auch Nathalie Mieterin war, und kein gesteigertes Interesse an einer Mieterhöhung hatte, dachte sie in diesem Moment: »Na warte, dieses Rechtsgebiet ist mir zwar viel zu »trocken,« (die »Juristerei« lag ihr generell und war ihr sozusagen »in die Wiege gelegt« worden. Mehrere Generationen väterlicherseits, vor ihr, waren erfolgreiche Advocaten gewesen); aber wenn Leroc nun meinte, die Kosten müßten »an den Zustand der Häuser« angepaßt werden, dann sollte er das gerne haben, da sich zumindest die Häuser in ihrer Wohnanlage nach mehreren Jahrzehnten ihrer Erbauung, in einem solchen Zustand befanden, dass die Mieten daher drastisch gesenkt werden müßten. Er würde sich damit nur »ins eigene Fleisch schneiden.« Nathalie fragte ihn, warum er sich denn nicht an die »zahlreichen« Hausanwälte des doch so einflussreichen Eigentümers, Herrn De Claude, wenden würde, woraufhin er ihr entgegnete, dass sie nicht so viele Wiederworte zu geben habe und sie doch eine sehr intelligente Frau sei, die das »Super« hinkriegen würde. (Leroc überreichte ihr hierzu ein Firmen internes »Papier«).

Nathalie glaubte (im Nachhinein verheerender Weise): »Jetzt bleibst Du mal ganz tapfer und stark und versuchst weiterhin das Schlimme der vergangenen Tage zu verdrängen«. (Sie war halt auch für ihre ehrliche, gutmütige, hilfsbereite (Syndrom) und sehr sensible Art bekannt. Aber dafür konnte sie nichts. Sie war sozusagen widerstandsunfähig, so hätte sie beispielsweise nie einen Menschen körperlich versehren können, weil sie schon »keiner Fliege« etwas zu Leide tun konnte). Außerdem war sie dem Leroc sowieso körperlich unterlegen; das ließ er sie ja schon einmal, bei einer minimalen Gegenwehr, neben großer Angst vor ihm, spüren.

Hierbei verdrängte Nathalie eben auch wieder einmal; wohl um nicht andauernd seelisch verletzt und verzweifelt sein zu müssen, obwohl sie verständlicher Weise stark litt.

Nach diesem Anliegen hatte Leroc sie gebeten, zu ihm vor den Bürodrehstuhl zu treten, wo er saß und sehr nervös wirkte. Er fragte sie mit fliehendem und sie etwas beängstigendem Blick, seinen Zeigefinger auf ihre Stirn drückend (wieder wie eine Pistole): »Du wirst mich doch nicht »anscheißen« wollen«!? Sie verstand nicht recht, was er damit meinte und er erklärte ihr dann, mit leicht gesenktem Kopf und fahrigen Händen, (hierbei deutete er ihr eine Ohrfeige an, damit sie ihm richtig zuhören solle), dass er vor vielen Jahren in seinem Heimatland ungerechtfertigter Weise Strafe bekommen habe. Eine Frau habe damals behauptet, dass er ihr etwas zugefügt und sie zudem vergewaltigt habe. Sein damaliger Verteidiger habe leider keine Chance auf Freispruch für ihn bekommen.
Kurzer Hand ergriff Leroc Nathalies Kopf, preßte seine Lippen auf ihren Mund und küßte sie gierig. Er sagte

dann mit harter Stimme zu ihr: »Schwör mir, »bei Gott«, zu Schweigen!« Sie schwor es ihm schnell, auch aus einer gewissen Furcht heraus. Leroc verließ als dann ruhig und unbemerkt Nathalies Wohnung. Nun wollte sie erst recht glauben, dass er ihr nie wieder etwas antun würde. (Im Nachhinein, ein fataler Fehler!).

Ein paar Tage später rief Leroc bei Nathalie um 6:57 Uhr in einem gewohnt dominanten »Tonfall« an und sagte, dass er um 8.00 Uhr in einem anderen Häuserobjekt wegen Besichtigungsterminen zweier Wohnungen zugegen sein würde. Ein Mieter wolle noch Maß nehmen wegen seiner Vorhänge zur Veranda. Leroc forderte Nathalie auf, dort hin zu kommen, denn sie sollte ihm unbedingt ihre versprochene juristische Ausarbeitung mitbringen. (es ging ja dabei um die Betriebskosten- und Mieterhöhungen in den Objekten der Firma).

Nathalie informierte ihn, dass sie um 11:00 Uhr einen Termin habe, woraufhin Leroc erwiderte: »Das kannst Du doch auch, denn wir werden doch allenfalls eine halbe Stunde Zeit brauchen, um das durch zu sprechen.« Das hörte sich für sie plausibel an und sie stimmte ohne Bedenken zu.

Um 8:30 Uhr sollte Nathalie unten vor dem Hause des Objektes in gepflegter Damenkleidung (Rock und Bluse, mit Blazer; nicht im Freizeitlook, wie sie ihn sonst meistens gerne trug) erscheinen, damit sie als potentielle und zahlungskräftige Mietinteressentin »durchginge«. Sie solle ihn dort »per Sie« ansprechen. Spätestens um

09:15 Uhr würden die nächsten Mietinteressenten bei ihm im Büro stehen.

(Hierin dachte Nathalie, die »Bestätigung« gefunden zu haben, dass er sich ihr wohl niemals mehr in schädlicher Form nähern würde).

Pünktlich trat Leroc alleine aus dem Haus, gab ihr förmlich und etwas fahrig die Hand, raunte ihr zu, sie solle sich ruhig verhalten und »per Sie« bleiben. Er führte sie ins Haus und sie gingen gemeinsam die Treppe hinauf. (Hierbei glaubte Nathalie zum zweiten Male an diesem Morgen an eine »Bestätigung«).

Die Wohnung war auf der linken Seite, es war im ersten oder zweiten Stock, in einem Altbau, mit einem Knauf an einer Schwingtür im Teppenhaus.

Im Wohnungsinnern schloß Leroc flink die Türe ab und drängte Nathalie blitzschnell in einen größeren Raum mit Parkett und zwei Fensterfronten. Er ließ das Rollo am Fenster zur Küstenstraße halb herunter und befahl ihr, sich über einen braunen, sich im Zimmer befindlichen Ofen zu beugen. Sie entgegnete, dass sie das nicht machen werde, da ihre »gute« Kleidung dabei schmutzig werden würde, außerdem sollte und wollte sie ihm doch ihre juristische Ausarbeitung erklären. Sie fühlte nun (zu spät), dass sie in Gefahr war und wollte ihn ablenken. Leroc ließ sich zunächst darauf ein und nahm ihre Ausarbeitung dankend und erleichtert entgegen. Er »überflog« Nathalies Ausführungen, bemerkte die Randbemerkungen von ihr (»C. L., warum bist Du so geworden«, »ich hasse, hasse, hasse Dich«, »Du bist Eis kalt« »Unterlasse es künftig« (sinngemäß)), steckte sie ein und sagte: »Ich habe jetzt keine Zeit dazu; wir Beide werden später mal in Ruhe darüber reden«.

Dann forderte Leroc sie auf, ins Badezimmer zu gehen: (»Los jetzt, ins Bad! Du hast als »O« zu schweigen«). Nathalie mußte ihren Blazer ausziehen und sollte sich dann in die frei stehende Badewanne knien, die Wanne befand sich rechts der Tür. Leroc war jetzt in einem Aggression geladenem Zustand; starrer Blick, die Hände zu Fäusten geballt.

Nathalie rief aufgeregt: »Bitte nicht, ich habe Bandscheibenprobleme, wie Du weißt«. Er befahl ihr abermals zu Schweigen und dass sie das zu tun habe, was er ihr befehlen würde. Sie fürchtete sich vor ihm.

Leroc faßte an Nathalies Nacken (sie hatte ein HW-Syndrom) und während er sie nötigte, sich mit dem Oberkörper in die Badewanne herunter zu beugen, lenkte er ihren Kopf hinein. Mit den Händen stützte sie sich dann »Kopf über« in der Wanne ab. Leroc hatte ihr die Beine von hinten, mit seinem Knie, auseinander gedrückt, mit den Worten: »Zieh den Slip aus« und »Schieb Deinen Rock hoch!«. Nathalie hatte es getan, war völlig verängstigt, »stand« neben sich.

Leroc hatte einen dunklen breiten Gürtel aus den Schlaufen seiner dunkelfarbenen Jeanshose ausgezogen, faltete den Gürtel, sagte, dass er sehr böse auf sie sei, sie habe als »O« zu schweigen. Er hatte sie etwa vier bis fünf Mal mit dem Gürtel auf den nackten Po geschlagen. Nicht schnell hintereinander, jeder Schlag wurde wie eine Zeremonie, einzeln für sich, ausgeführt. Die Schläge hatten auf der Haut gebrannt und sie gedemütigt, sie stand unter Angst und Druck, versuchte, sich gedanklich abzulenken von dem schlimmen Geschehnis.

Als Leroc endlich von Nathalie abließ, drehte sie sich um, und flehte ihn an, »Darf ich jetzt aufstehen«?

Er raunte sie bedrohlich an: »Nicht schauen, unten bleiben!« Nathalie sah, wie er den Gürtel zu einer Schlaufe, einen Kreis formte. Leroc sah irgendwie erschrocken und ertappt aus und zog den Gürtel wieder in die Schlaufen seiner Hose zurück.

Als sie glaubte, dass es jetzt endlich vorbei sein würde, zumal Leroc sie anwies, auf zu stehen, folgte ein weiterer Befehl: »Stop! Knie nieder!«. Er öffnete seine Hose und holte seinen Penis heraus. Er war erregiert, wie auch bei dem zweiten »Vorfall«, bei ihr zu Hause.

Leroc drang von hinten in ihre Scheide ein. Zuvor versuchte er, seinen Penis in ihren Po einzuführen, was etwas weh tat; aber Nathalie konnte das Eindringen mit ihrer Hand verhindern. Er sprach dann zu ihr wütend: »Runter, laß´ das, ich führe ihn ein!«.

Dann war er fünf bis sechs Mal rücksichtslos in sie eingedrungen.

Es war beinahe die gleiche Zeremonie, wie beim Schlagen. Sie hatte dabei zwar keine nennenswerten körper-

lichen Schmerzen, aber die ganze Situation war endlos
erniedrigend.

Danach sollte Nathalie aufstehen und sich umdrehen.
Anschließend ergriff Leroc ihren Kopf und wies ihn zu
seinem Penis, mit dem Kommando: »Nimm ihn in den
Mund!«

Dieses Mal war sein Penis gewaschen, damals schmeckte
er nach Urin.

Sein Penis »steckte« nun in ihrem Mund, während dessen er unter seinen widerlichen Anweisungen ihre Kopf-
bewegungen »dirigierte«.

Nathalie konnte einmal kurz Luft »schnappen« und unbemerkt hoch schauen, Leroc hatte es ihr ausdrücklich
verboten, wobei sie ein zur Maske erstarrtes Gesicht,
mit weit aufgerissenen, starren Augen und zusammen
gepressten Lippen zu Sehen bekam. Es war Furcht erre-
gend, sie sah nun dieses andauernd vor sich.

»Du wirst »es« jetzt schlucken« äußerte Leroc noch,
während er schon geräuschlos, ohne jegliche körperliche Regung, zum Samenerguß gelangte. Nathalie wollte
sich diesem noch entziehen, aber es ging zu schnell. Sie
konnte das Sperma nicht herunter schlucken und mußte
würgen. Leroc reichte ihr ein Papiertuch und »erlaubte«
ihr dann, da hinein zu spucken, befahl ihr jedoch so
gleich, ihren Mund am Waschbecken gegenüber der Badewanne, auszuspülen.

Anschließend mußte sie das Tuch in der Toilette, rechts des Waschbeckens, weg spülen. Nathalie hatte noch ein Taschentuch mit ihrem angebrochenem Pfefferminz-bonbon. Dies´ hatte Leroc übersehen, denn mit diesem mußte sie sich, vor dem erzwungenem Oralverkehr, ihren Lippenstift abwischen. In dieses Tuch hatte Nathalie dann, unbemerkt von ihm, Speichel gegeben. Lerocs Vorgehen machte auf sie nämlich einen »professionellen« Eindruck, so dass sie intuitiv an diese Spurensicherung dachte. (An dieser Stelle fiel ihr ein, dass er ihr zuvor einmal sagte: »Ich »arbeite« mit meiner ganz besonderen Methode«. Das ließ sie erschrecken. Ihr spontanes Gefühl hierbei war: Ein »Pate«, wie ein Camäleon, oder ein ehemaliger Legionär)?

Benommen packte Nathalie ihren Slip in die lederne Handtasche.

Sie wollte schnellst möglich nach draußen gelangen, Leroc drängte auch schon, dass sie gehen müßten. Er bestand jedoch darauf, sie nach unten zu begleiten.

Draußen vor der Türe wechselte Leroc sein Verhalten, seinen Charakter, aus und redete freundlich und für-sorglich mit ihr. Bevor sie sich dann schließlich trennten, sprach er wieder betont dominant; sie solle in diese Rich-tung gehen, er ging zum entgegen gesetzt abgestellten Firmenfahrzeug, in der Hofeinfahrt.
Nathalie war dann planlos umher gegangen und war schließlich bei ihrer Hausärztin, Frau Dr. Indira Kapoor,

angekommen; gehen wäre wohl der falsche Ausdruck, sie war wie in Trance gewesen.

Frau Singh, die Arzthelferin am Empfang, versuchte sie zu beruhigen, nachdem sie ihr völlig aufgelöst von dem Vorfall berichtete. Nathalie sprach ohne Punkt und Komma und bat die Angestellte, diskret, nach eventuellen Striemen auf ihrem Po zu sehen.

Frau Singh durfte dies´ aber nicht und holte rasch ihre Chefin herbei.

Nathalie erzählte dann der Ärztin verzweifelt, was passiert war, die ihr sichtlich betroffen zu hörte und nach Spuren schaute. Sie befreite sie dann noch von ihrer Schweigepflicht. Die Ärztin stellte ihr anschließend noch eine Überweisung für den Gynokologen aus.

Eine halbe Stunde später rief Nathalie bei ihrem Frauenarzt, Herrn Dr. Marek Skopal, an, weinte bitterlich und erzählte der dortigen Arzthelferin, was ihr Furchtbares passiert war und bat um eine Untersuchung, um mögliche Spuren fest stellen zu können. Der Arzt war mit einer Behandlung beschäftigt, so dass sie später einen Rückruf von der Arzthelferin erhielt. Man teilte ihr mit, dass sie ins Krankenhaus müsse und dann ginge die Sache wohl automatisch zur Polizei. Ihre Angst vor Leroc und sie traumatisierenden polizeilichen Befragungen siegte.
Darauf hin hatte sie sich nicht in einem Krankenhaus untersuchen lassen.

Bald darauf telefonierte Nathalie mehrmals anonym mit einem Abteilungsleiter aus dem Polizeipräsidium einer benachbarten Stadt. Man riet ihr natürlich zur Strafanzeige, an ihrem Wohnort, auch Tatort genannt. Zudem kontaktierte sie in ihrer verzweifelten Not anonym eine Stadtklinik, einen dort diensthabenden Neurologen und Psychiater sowie diverse Hilfsvereine ihres Landes, denn sie hatte enorm große Angst vor Leroc.

Im Übrigen verübelte es ihr Niemand, nicht ins Krankenhaus gegangen zu sein, zumal sie ja auch dieses Taschentuch mit Lerocs Sperma besaß.

Dieses Beweismittel verwahrte mittlerweile Nathalies Pastor sicher bei sich. Die Bandaufnahmen der beiden durchlebten Taten in ihrem Appartement, trug Nathalie unentdeckt in ihrer Gürteltasche, am Körper, wenn sie ihr Appartement verließ.

Es ging ihr seit diesen schrecklichen Ereignissen absolut elend. Sie hatte sich wochenlang in ihre Wohnung eingesperrt und ging den meisten Leuten aus dem Wege. Sie mußte sich übergeben, konnte kaum etwas essen, litt unter Durchfall, schwersten Depressionen und kontinuierlichen Weinkrämpfen.

In ihrer Not rief Nathalie sogar flehend Leroc, den Täter, um Hilfe und einen Ausweg an, verlor ihre Beherrschung und warf ihm vor, was er denn aus ihr gemacht habe und dass sie ihren Schwur vor Gott, ihm gegenüber, Stillschweigen über die durchlebten Taten durch ihn, versprochen zu haben, nach seinem »Geständnis« (vor vielen Jahren), nun nicht mehr in ihrem Herzen tragen könne und total auf »0« bzw. am Boden zerstört sei.

Nüchtern betrachtet, arbeitete Leroc auf Zeit und wollte für sich, von ihr als Opfer, auch noch Mitleid erheischen. Er deutete ihr u. a. an, dass seine Mutter so, wie ja auch sie, Depressionen habe und sein Bruder ihn angerufen habe weil die Mutter, im Sterben liegend, »ausgerastet« wäre.

So gab ihr Leroc den Tipp, Licht in ihre Wohnung und ihr Herz zu lassen, das Fenster zu öffnen und noch eine Tablette ihres Antidepressivum ein zu nehmen… Wenn sie Ausgeschlafen habe, solle sie doch draußen spazieren gehen und im Licht an positive Dinge denken. Er würde sie ja so gerne auf der Stelle in den Arm nehmen und trösten, aber er sei ja plötzlich so krank geworden und wäre des Nachts im Krankenhaus gewesen, wegen angeblicher Magenblutungen. (Seltsamer Weise war er aber gar nicht krank!)

Des Weiteren habe er die Grippe und sie wohl auch und jetzt sollten sie sich Beide doch erst einmal erholen, auch dass ihr schlimmes Asthma »weg gehen« solle, denn alles »Andere« habe ja wohl noch Zeit. Außerdem könne jeden Moment ein Anruf kommen, dass er hin fliegen müsse, wegen seiner Mutter (Diese traurige Geschichte mit seiner 80jährigen Mutter erzählte er Nathalie übrigens schon ein paar Wochen zuvor).

Irgendwie plagte Nathalie ein schlechtes Gewissen, weil sie bislang nicht die Kraft und den notwendigen Mut aufgebracht hatte, auch um womöglich andere Menschen zu schützen, eine notwendige Strafanzeige gegen Leroc zu erstatten.

Es war auch die große Besorgnis, vor einem sie Kräfte kostenden Verfahren, mit bestimmt zahlreichen traumatisierenden Fragen und die Demut gegenüber diesem Manne, der wohl Menschen, hauptsächlich Frauen, erniedrigen und ängstigen wollte und sich an deren psychischem und/oder physischem Leiden sowie darauf folgendem Wertlosigkeitsgefühl ergötzte (Womöglich sogar noch während der Gerichtsverhandlung).

Was war das bloß für ein Mensch, der ihr auf ihre verzweifelte Frage hin, »Wer« und »Was« er denn sei, ganz ungerührt antwortete: »Das weißt weder Du, noch irgend Jemand hier in der Firma. Ich genieße das Privileg großer Macht«.

(Leroc verfügte als Hausverwalter automatisch über jegliche Daten und Adressen der Mieter/innen).

Nathalie spürte eine besondere Beklommenheit, bei einem intuitiven Gefühl, dass Leroc irgend etwas verbergen/verschleiern könnte, in seiner Identität und u. U. äußerst gefährlich war. Er war berechnend und »Eis kalt«.

Dann seine »Geschichte« mit dem Internat, an dem Nathalie wohnte, wo sich angeblich, laut den Konfabulationen Lerocs, die Gendarmerie des Ortes und die Internatsleitung bei ihm im Büro gemeldet hatten, weil sich »wohlgemerkt« Männer an den Fenstern zum Internat entblößten und die Kinder belästigen würden. »Achtung, dort ist jetzt auch die Gendarmerie«, sagte er.

Und der Mann (plötzlich im Singular) wohne aller Wahrscheinlichkeit nach bei ihr, im Hause. Leroc und ihr Hausmeister, Bouteille (?!) würden daher dort künftig regelmäßige Kontrollgänge unternehmen …

Seit längerem würde die mächtige Firma De Claudes, in der er, Leroc, ja sitzen würde, bedroht werden und Nathalie wisse ja gar nicht, was auch er hierbei durch machen würde. Die Staatspolizei würde sie bewachen und Kameraüberwachung für jeden Einzeln wäre bereits beantragt.

Was sollte Nathalie jetzt bloß tun, bzw. was war der »richtige« und auch Gefahren losere Weg?!

Ein Gefühl der Ohnmacht stellte sich ein, die Erinnerung an das zuvor durchlebte Justizskandaltrauma kam wieder in ihr auf; doch letztendlich siegte schließlich die Vernunft und das Verantwortungsgefühl gegenüber anderen möglichen Opfern.

Nathalie erstattete Strafanzeige gegen ihren Peiniger, ließ sich vom Staat einen Opferanwalt an die Seite stellen und sagte aus. Sehr viele quälende Stunden lang, beantwortete sie »gehorsam« peinliche und unangenehme Fragen und schilderte immer wieder, Detail getreu, den Sachverhalt der ihr widerfahrenen, furchtbaren Geschehnisse.

So bildete sich der perverse Leroc doch allen Ernstes ein, dass Nathalie ihn lieben würde. Als er schließlich von ihrer Anzeigeerstattung erfahren hatte, drohte er ihr mit seinem Suizid. Eine Minute später räumte er ein, dass sie Recht habe und dass er sich daher selber anzeigen würde. Eine weitere Minute darauf, bat er sie, mit ihm zur örtlichen Gendarmerie zu fahren und die Anzeige zurück zu nehmen, mit der Begründung, sie habe sich mit ihm Privat geeinigt.

Nathalie fiel es jetzt »wie Schuppen von den Augen«; Leroc war ein skrupelloser Täter, ein Sadist ohne jegliche Reue. Seine heuchlerischen und falschen Gebete, mit denen er auf perfide Art und hinterlistige Weise kurze Zeit zuvor versucht hatte, Nathalie von einer Anzeigeerstattung gegen ihn abzubringen, ließen Sie nun endlich erkennen, was sie zu tun hatte!

Anmerkung der Autorin:
Es ist eine besondere und zusätzliche Belastung, als Opfer sexueller Gewalt, sich sozusagen vor Bediensteten einer Ermittlungsbehörde »entblößen« zu müssen. Das ist aber sehr wichtig für die weiteren behördlichen (polizeilichen und staatsanwaltlichen) Ermittlungen. Indizien und Beweismittel sowie der Ablauf der Tatgeschehnisse müssen für

die Ermittlungsakte zusammen getragen und schriftlich fixiert werden. Schließlich wird gemäß der Strafprozeßordnung nach der polizeilichen Vernehmung des Opfers der Beschuldigte vorgeladen. Dieser hat das Recht, sich zu dem ihm vorgeworfenen Sachverhalt zu äußern oder von seinem Schweigerecht Gebrauch zu machen, indem er einen Verteidiger mit der Wahrnehmung seiner Interessen beauftragt. Für den Beschuldigten gilt, solange er nicht vor einem Strafgericht rechtskräftig verurteilt worden ist, die Unschuldsvermutung. Wenn die Staatsanwaltschaft öffentlich Anklage gegen den Beschuldigten erhoben hat und eine Gerichtsverhandlung kein eindeutiges Ergebnis bzw. der ihm zur Last gelegte Sachverhalt nicht zweifelsfrei nachgewiesen / bewiesen werden kann, dann ist der Angeklagte frei zu sprechen. (»in dubio pro reo«).

Auch aus diesem Grunde ist es sehr gut nachvollziehbar, weshalb sich Opfer oftmals nicht trauen, Anzeige zu erstatten.

Jetzt war Nathalie also wieder ganz genau an dem Punkt angelangt, wie in der damaligen Strafsache.

Ein HIV-Test wies glücklicher Weise nach angstvoller langer Warterei ein »Negativ«-Ergebnis aus.

Nathalie war mißtrauisch geworden, nach mehr, als einem viertel Jahr ihrer polizeilichen Aussage …

Die Staatsanwaltschaft als »Herrin« des Verfahrens hatte ihrer untergeordneten Behörde noch keinen »Auftrag« zu einem Verwaltungsakt erteilt… Leroc, zu diesem Zeitpunkt noch immer als Hausverwalter tätig, konnte also frei (ver)walten und »schalten«; wohl wissend, dass sie ihn angezeigt hatte.

Nathalie Lefèvre war wieder einmal darauf angewiesen, welche »Weichen« die Obrigkeit in schwarzer Robe für ihr weiteres (Seelen)Leben stellen würden.

Würde ihr Peiniger, der Beschuldigte Christian Leroc, sich vernehmen lassen bei der Kriminalpolizei oder von seinem Schweigerecht Gebrauch machen?

Würden Verzögerungstaktiken seitens der »Gegenseite« angewandt werden und gegebenenfalls sogar die Einholung eines Glaubwürdigkeitsgutachten beantragt werden, was eine zusätzliche Belastung und Traumatisierung für das Opfer, Nathalie Lefèvre, als Geschädigte zur Folge hätte?

Sie schöpfte Kraft in ihrem Glauben an Gott und Trost in ihrer großen Liebe zu ihrem »Prinzen« Marc …

Fazit und Schlußwort der Autorin:

Man sollte, neben den vielen anderen Wichtigkeiten im Leben, diesen brisanten Themenbereich, aus der vorangegangenen, bewegend geschilderten, beispielhaft konstruierten Erzählung, auf gar keinen Fall einfach ignorieren oder etwa gleichgültig die Augen davor verschließen, denn so etwas könnte irgend wann einmal, wo auch immer auf der Welt, irgend Eine/n von uns angehen. Und spätestens dann würde man es erleben und verstehen;

»**Macht macht Ohnmacht mächtig!**«

Autorenvita

Dröscher, Petra J., geboren 1964. Seit 1989 Kauffrau für Bürokommunikation mit diversen Zusatzqualifikationen.

Bereits seit 1992 im mittleren Dienst bei einem Ministerium angestellt als Sachbearbeiterin.

Die Autorin schreibt u. a. Prosa, Gedichte, Kurzgeschichten und Erzählungen.

Veröffentlichungen: Beteiligt an »Autoren-Werkstatt« 53. und 91. sowie Beiträge in diversen Zeitschriften.

Als sensible, verträumte und doch realistische Frau mit Herz und einer »poetischen Ader«, betrachtet sie so manches Buch als »treuen Freund« und bringt seit vielen Jahren ihre Gedanken - in schöne und warme Sätze gebettet - zu Papier, die sie gerne den werten Leser/inne/n, ihr nahestehenden Personen und der Liebe ihres Lebens anvertraut.

Weitere Interessengebiete: Singen im Bereich der U-Musik und Musizieren (Akkordeon, Orgel und Mundharmonika), Sprachen, Jura (u. a. das Deutsche Strafrecht), praktische Psychologie sowie die Leidenschaft für Schmuck-Design.